ゆく

境節

思潮社

歩く

境節

思潮社

目次

泳ぐ 8
ここまで 10
広げて 12
渡って 14
歩く 16
光だけが 20
かけら 24
光を 26
探る 28
銀山へ 30
風を待って 34
しばらくは 36
まだ 40
急に 42
まれな日を 46

放たれて　48
はじめから　52
旗は　54
いちまいの　56
まだ　58
不可能なまで　60
一歩を　64
ふえていく　66
時は　70
歩き続ける　74
のぞく　76
忘れて　78
哲学は　82
虫の　84
あらわれ　88

眼前に　92
あたりまえの　94
涙　96
ここから　100
どこかに　102

あとがき　105

装幀＝思潮社装幀室

歩く

境節

泳ぐ

破壊された世界を
逃れて　黄色い魚が泳ぐ
眠っている天使を
線描にして
ふかい　いのちにつながっていく
危険なこととは知らず
近づいてしまう
樹木はざわめいているが

ふたしかな　きれぎれの音がきこえる
ニセアカシアの並木があった
それを見たこどものころ
ニセとは言わなかった
色彩のなかにかくれたり出たりして
その樹木を見ていた
迫害された人間がふえているのか
災難が不用意に
ふりそそぎ
いのちがそがれる

ここまで

星空の下に
オートバイ一つ
影のように置かれている
川の流れはおだやかで
しばらくは静かにくらしたい
おぼつかないバイオリンの音が
今夜もきこえて
なにひとつ狂ってはいない

と　思いたい
意味のないことをくり返し
充実の枠をはずして
封じこめられた日々
だましつづけてほしい
とは思わない
くるしみを捨てて
ここまで
おいで

広げて

柿の大木が
葉をいっぱいに広げて
輝やいて生きよ
と　さそってくる
葉の色が濃淡のなかで
きらめいて
エネルギーを拡散して
じっと　みつめていると

息ぐるしいほど
幸せですか
言ったこともないセリフが
ふってくる
うつわが大きくなって
分別で生きることを
こばんでいる
ゆたかに生きている一日を

渡って

人生は手おくれなんだ
映画で聞いたセリフだろうか
まだ　まにあうよ
知らないこどもがさけんでいる
遊んでいるこどもたち
しっかり生きている
ありふれた日常から
すこし離れて

遠い的《まと》をいる
足に筋肉がついて
緊張感がはしる
大量の空気をのみほすように
なにかことなった世界
が　あらわれる
表現を忘れて
生命《いのち》のかがやきを
吹き飛ばされて
おちた人たちの上を
鳥は
渡っていく

歩く

ながれるような　ひとみが
こちらを見ている
誰か　知らない人だ
まえから知っていたもののように
こちらを　まだ
眺めている
知らないのだから
と　こころのなかで言う

語ることもなく逝ってしまった人
も　いるのだから
歩く
くらやみのなかから少女が現われる
空気を　いっぱいすって
また歩く
常識では捉えられなかったものを
かかえて歩く
あこがれは
まだあるのだから
立ち止まったままでは　いけない
透明なガラスびんを
かかえて
失敗したものの

数《かず》を
わずかなくらしが
ささえている
はじめから　わからなかった
青さが
見えてくるまで
歩く

光だけが

くもの巣を
はりめぐらされて
その庭はある
草も遠慮なく伸びてくる
おんなあるじが
くもを　ころさないからだ
だんご虫も　蟻もおなじ
ふえる　ふえる

温暖化の影響もあるのか
ときおり　白や黄蝶　あげは蝶　美しい蛾
トンボもやってくる
かたつむりは石垣に
あざやかな色彩を　もとめているが
光だけが強烈にそそぐ
きれいなお菓子の包み紙が
風に飛ばされていく
チベットのことをきかれたので
若いとき行きたかった
と　答える
今は
行けるところへ
もう飛べないだろうか

少しぐらい
飛ぶといい
くもの巣が
つゆを浮かべ
光を放って

かけら

岩のむこうへ渡って
水しぶきをあびる
大胆に生きたいと
ねがっていたのか
いのちを超《こ》えて
大きな山に登りたい
自然のこわさに　ふるえながら
内面に突きささるものを

感じている
おぼろなものに　からだを包まれて
くり返し山に登った
雑草のいきおいにおされて
生きていると思う
沈黙のなかで自然にふれていく
草の花のいろどりのなかで
小さな石のかけらが
光をあびている

光を

空白を埋めつくすものは
なにか
深い色彩をあびて
呼吸が静かになっていく
あわれみではない
すくいを　ひとは待っている
はっきりとしたものは
すでに遠のき

とてつもない色合いを
ひとは求めはじめたのか
小さいころの思い出を
反芻《はんすう》する
ふつうの呼吸が
まだ出来なくなって
草を抜きはじめる
たしかに熱をおびて
からだが究極のものを
ほしがっている
黒い蝶が
太陽の光をうけて
飛んでいく

探る

どくろから
蝶が次から次に出てくるので
旅に出る
うまれる前の道を探る
どこにも行けなかった長い時間が
おし寄せてくる
今まで見たこともなかった家が
あらわれる

こんな家に住んでみたかったのだろうか
出ていない　オーロラ
蛍を見たがっている
鮮烈な色彩から　遠く離れて
こんなところに
椅子が一つ
風が　おかけなさい
と　そそのかしてすぎる
人体の内部へ入って
自分の臓器を
わしづかみにしているイメージ
色ずりの絵画のなかに
入っていく

銀山へ

車窓から
山々と湖　日本海を眺める
また山なみが続く
山陰の大田《おおだ》につく
銀山の反映は
稲穂やヒガンバナ　コスモスがゆれ
風が流れて
いにしえの姿が　山寺や

石垣の跡に　ほの見える
ガイドの女性は土地の人で
幼いころから　この辺を走りとびはねていた
「ここは誰さんの屋敷跡です」
また歩くと
「この家にいたおじいさんおばあさんに
　両親より可愛いがってもらった」　と
観光バスやタクシー　車の排ガスで
木々がいたみ枯れたので
今は　往復四・六キロを歩く
わたしも「歩く人」になっている
銀山へ行く前に資料館に入る
「この銀山は恵まれていて　賃金はよく
　働く時間は少なかった」

「？」

しかし「手子《てご》」という文字が目に入る

一枚の絵図の解説

小さいこどもの出来る仕事をやっていたのだ

坑内に入る

ガイドの女性が

「三十さいまで坑夫として生きていたら

　赤飯と鯛のおかしら付きで祝ったのです」

激しい労働と銀の産出

みやげ店で　銀のペンダントを見る

「そばまんじゅう」「高原茶」を買う

からだが

少し重くなってくる

風を待って

涙の涸《か》れ谷《だに》を渡って
吹く風
旅立つことも　しばらくは忘れて
からだの　ふしぶしが痛んだ
同年の詩友から
もう未来はないと書いた
ハガキが届く
まだ生きているのだから

未来はあると思うが
そんな返事は書かない
思いがけない事件が
次から次へ　起きるので
無事に死ねるか
多くのあやまちを
誰にあやまればいいのか
赤ん坊を抱いた友が
笑いながら近づいてくる

しばらくは

得体の知れない
緊張感が
からだを包む
このふしぎな小屋に
幼ないわたしが
今でも住んでいるようだ
かさなりあう糸が
ほつれて

切り立つ崖の道に出る
里山の　のどかな景色から
遠く離れて
ふり返ってはいけない
滝は干されて
豪快な世界は切れて
しかし濃密な時間が流れる
どこまでも
はてしなく歩けば
なにかに出会える
ゆがんだからだから
とき放されて
しばらくは
考えることをやめ

ただ　動くからだになっていく
めざしたものは
すでになく
はたせなかった
約束の
うしろ姿が消えていく

まだ

ひびわれた大地に
ひざまずく
ひたすら生きようとして
ここまで来たのか
実像はすでに遠のき
うつろな姿を見る
倒れそうで　しばらくそのまま立ちつくす
飢餓のこころが

説明を　もとめたがらなくなっていく
質問ばかりだった
こどもの頃には戻れない
閉じこめられた
多くのことがらが　今も
おし寄せてくる
経済がわからないまま
侵入されつづけて
ぶざまに生きる
ふしぎな　こころは
失わないままで
働き続ける人の波
黄金《おうごん》の夢は
まだ　あるのか

急に

白いリボンが
長くゆれて
どこか遠くへ運ばれていく
急に夜のように
あたりがくらくなる
近くで　たき火をしている
焼き芋のにおいが
ただよってくる

プリントされたような日々を
かいくぐって
見知らぬ世界が
まだあることを知らされる
くいても仕方がないことを
千切って歩く
内と外がわからないまま
まだ手さぐりで
人の気配がして　ふりむく

見知らぬ人が立っている
強い光があたりに立ちのぼっていく
色彩が　デコレーションになって
壁面をしめている

誰にも知られないで　その上に
強い線を描く
波音がきこえ
風にあおられ
からだが波状にのび——

まれな日を

光と影に立たされて
広い大地に立っている
激動の時代を生きて
光を探し続ける
なびいている木々の枝が
話しかけてくるようだ
ふたしかで苦難な時のなかで
幾人のひとが息たえたかを

この木々は知っているというのか
建物が　次々に壊れて
風が侵入し
複雑な生き方になっている
枯草を久しぶりにもやしてみよう
風のない日に
その日はなかなかやってこないが
待ち続ける
ようやく草をもやして
息をつぐ
労働と労働の間に　はさまれて
動けなくなったひとたち
苛酷な日々から
放たれた　まれな日を

放たれて

うつり変わる時代のなかで
急激な変貌に　あおられて
いつだって　今を見失う
さまざまなイメージのなかに
放たれて
静かな草原にたどりつく
安定を欠いているので
草原に坐っていると

ゆっくり　いやされていく
奇抜な衣裳を着た
男女数人が　こちらにやってくる
また歩く
束縛されたままでは
息苦しくなるので
はかなさを捨て
新しいビルや
古い建築のまじった街へ出る
生きている存在価値が
希薄になって
時代の空気が重く　かぶさっていく
放つなら
リアルなまでに

放ってよ
とは　いえないままで

はじめから

消された記憶を
たどっていくと
つぼが転がっている
花を活《い》けないための
口のないつぼ
出口は　やはり
なかったような不安がうまれる
多くの捨てられた枕木を並べて
「通らないで下さい」と書いているが

誰もいないので歩いてみる
浮きぼりにされたのは
やはり　フォルムではなく
草茫々の　野原だ
月光に照らされて
美しい抽象の世界となる
はじめから　記憶の　とびらは示されず
きめられたことも
何一つなかったのか
はかり知れない謎が
鋭角的にとがって光る
からだを斜《なな》めにして
すべるように
歩いていく

旗は

映像のなかに自分を閉じこめ
多くの矛盾をかかえて
ありあまっている食品のなかから
わずかなたべものを
もとめる人々の姿がふえ
巨大なバラックに
夕陽が大きく落ちていく
多くの群衆のなかで

立ちはだかったものを
目がけて小石を投げている　こどもたち
遊んでいるのに
こぶしをふりあげて　おとながやってくる
はしゃぎながら逃げていく
半端《はんぱ》なくらしを
だいじにかかえて生きているのか
かかげる旗はすでになく
戦争の終わったあとに
新しい戦争が続く

いちまいの

記憶のなかに住み続けて
忘却となった時をかさね
たしかなものが離れていく
無心に近い状態で
からだを動かしている
野菜を少し作って
食べるのに　まだ肉もほしがっている
甘いものや果物は

たっぷりと食べたがる
不自由なからだだ
つかのまのよろこびに
花がゆれ　はなびらが落ちている
逆境をかかえて
その位置はかわらないのか
いのちの美しさのまえで
たじろぐ
多くの人の手をかりて
いきている
宇宙のなかで
いちまいの
葉

まだ

かなしみの　ふくろになって
うずくまる
ショパンのピアノソロを
ラジオできいている
大きな波がおしよせて
夜の海を　かしいだ船がいく
こどもだったころ　両親と
海峡を渡った記憶がよみがえる

すべては遠のき
また新しいことがらがはじまる
生命の樹は
よみがえるのか
赤い血が流れ続け
光と影がかさなり
一本の花が咲く
細くけなげな花が
少し咲き
花の季節が失われずに
まだあるふしぎ
暴力が各地で起こる
不安のなかで

不可能なまで

その人にどこで出会ったのだろう
思い出せないまま
歳月はすぎ
すでに老いていく
夕陽と朝日を眺めて
湖のホテルを去る
すぎていくことが
人生のすべてだと

わかっていることは言いたくない
印象は深く　また薄くなって
駅に入る
天井からさし込んでいる光は
絵画のように人々を照らす
平凡な日常をえらんで
ここまで来たのか
大都市の喧騒《けんそう》を　かいま見て
動きがはやくなる
雨が降り続き
今日の旅が
一瞬の　かがやきから
静かさへ移行する
高い視点から

低い場所へ
色調の変化が　めまぐるしく
不可能なまで
感じ続ける
現実を

一歩を

せつなく　見つめつづけて
ものおもいを捨てさる
祈りは遠のき
みやこも思い出の地となり
うたがはじまる
寺々の屋根に視線をなげ
若い日が　はるかにかすかに見えかくれて
仏像の後背《こうはい》の彼方へ

あせることのないおもいが
あつい涙となる
目の前に迫った山々に
あこがれの一歩をのせていく
原点にかえれるか
生きなおしを迫《せま》られて
老いていることの忙しさを
はじめて知る
静かにたたずむ余裕はなく
あさい光に
しばらく　まどろむことを
ゆるされている
食べることが切実な
ものとなる

ふえていく

キッチリ　答えを出しなさい
と　誰にいわれたのだろうか
いたたまれない気持ちをかかえて
ここまで来たのだ
漠然と広がる不安ばかりが
ふえていく
なに一つ明確なものはなく
存在も危《あや》うくなるような

抽象の世界になっている
はじめから
確信なんてなかったのだろう
突き放して
言葉からも離れたい
エネルギーがなくなって
山と谷のくらしが
つらくなっている
出そうか　どうしようか
答えはいらないような
電気料も払えず
熱中症で死んだ人は
熱中症のおそろしさも知らずに逝った
どうしても起こる多量の事故

蟬のように　は
死ねない

時は

ハガレたポスターが
風に飛ばされていく
大きなビスケットを
犬にあげたいとねがっていた
こどもがいた
犬はブルドッグ
おとなになったら
ブルドッグをつれて歩こう

戦争があり
犬を飼《か》う家も少なくなっていく
ブルドッグは夢のなかに
長い間住んでいた
時代物の映画で
女の人が　たいてい赤い色を身につけていた
すごい勢いで時は移り
小さい犬が家族のなかにふえ
さまざまな娯楽がふえていく
わいざつな都会のエネルギーに疲れ
ひきうけた孤独が
くらしを苦しめる
シルエットばかりが拡大され
目はうれいをたたえるが

なげきのことばは
決して出てこない
白い猫が
優雅に
道をよこぎって

歩き続ける

竹かごがぶらさがり
壁が落ちて
廃屋のなかは　奇妙な　なつかしさと
おちつきを取りもどす
海を見たいとねがい　山へ登ってみる
滝を見たころを　おもいだし
円形劇場を想像する
人口が少なくなった島を

空から映しているテレビ
その島に　むかし渡ったことがある
耳をすませば　わき水の音さえ
きこえてくる
ごはんをしっかり食べて
生き直すのだ
巡礼のように歩き続ける
たえることのない水を　もとめて
蟬の声が激しくなる
継続の力を信じて
伝わってくる　おもいのふかさ
黒い小屋が
ひっそり　たたずんでいる

のぞく

時間が巻き戻されて
細胞が新しくうまれかわる
ハガされた多くの歳月を
あたらしく　かわらせていく
もとからあったものが失われたり
誕生したりする
タイムマシンに乗って運ばれたような
からだが　変わった世界をのぞく

待っていた時間が
待たされた時と入れかわる
傷んだヒフが
きずあとも残さず　きれいになる
犬が近くでないている
運動神経がとぎすまされて
はるか遠くまで　とんでいく
奇蹟のような現実に励まされて
ふたたび生きなおすことも
可能だと思える
朝まで

忘れて

砂丘から見た海は
晴れていたので
青く横長に広がり
どこまでも　いけるのだよ
と　さそってくる
島が見えないので
自由自在に
ゆるされても　いいのだ

と　おもえた
どこかで　しばられたからだになっていた
おぼえることは　すてることだった
右ひざが少し重くなって
リフトから降りるとき
少し危なかった
生きてきた月日は
どこに刻まれているのか
わからないことが　かさなって
前のめりになっていたのか
放たれていく
軽くなって
空さえとべるきもち
不自由なままで

自在にいかされている
足もとの砂の存在を忘れて
歩いていく

哲学は

過激な時のなかで
流れていくのに
さからって生きていく
しかし少しずつ無理がきかなくなって
汚点のように　しみがふえている
消耗される体力を
ようやく支えて動く
庭にくる野鳥の姿も少なくなり

雀も見なくなった
この田舎で
長く生きても
哲学はわからないまま
高いこずえを見あげるのだ
なにをしていたのだろう
じっとしていては誰もこないので
日がくれる前に出かける
かたつむりが石垣の上に
夕焼けの空になって
夕陽のなかを走るように歩く
ただ逃げていく日々
小さな美しいものに満たされてくる

虫の

小さないきものの　いのちを
それとは知らず
窓の開閉のとき　失ってしまう
それと同じことが　ひとにも起こる
偶然でもあり
必然でもある世界のなかで
昆虫が大好きだった
こどもの頃には　もう戻れない

いじらしいほどけなげに見えるこどもだった
ふたしかなおとなになって生きのびている
晩年とよんでも　いいかも
しれない日々をかさねて
一本の筆をとる
絵を描くことを忘れていたので
上手には描けない
構図なんて気にしなくても
いいから　力いっぱい描いていく
教えられることもなく
ただ虫のきもちに近づく
水たまりに足をとられて
小さな　いきものに気づく
神さまはこの辺にいたのか

あぜに咲いていた野アザミを
ふいに思い出す
蝶やトンボがいっぱい飛んでいた
男の子たち　たまに女の子も
トンボつりをしていた
闇のなかで求め続けておとなになった
今はおとなでもなく　ましてこどもには
なれずに
虫のように　ただ生きている
小さないのちにふれて
ねそべってみたくなる

あらわれ

白い雨が　いきなり降って
帽子も　上着も靴も
またたくまにぬれそぼる
やがて独特の色彩が　あらわれ
青空になってしまう
おとぎ話のような日がはじまる
いろとりどりの色を使って
この世が眼前にくる

人目をさけて
くらしているひとの気持ちが
はっきりとわかってくる
のまれるいきおいで
美しい庭に出会う
新しい絵画を
見せられているのか
青や黄色の壁に
赤い屋根がのぞく
ビジョンどおりに進まず
抽象性がますますふえていく
多くの芸術作品を見て
あらたな　くらしとなる
ありふれた場所から

見知らぬ場所へ
いざなわれて

眼前に

外地から引き揚げて
ランプの灯りで五衛門風呂に入った日々
学校で自分の左手のデッサンを
美術の時間でくりかえした
ゴッホも手のデッサンを何回も　何枚も
描いていたことを知る
知ることのゆたかさと　かなしさのはざまで
学ぶことのたしかさと　あやうさを

レンブラント展で見た絵画のなかに
入っていけた少女は
今　老婆のすがたで立っている
見たこともない世界が　眼前に迫ってくる
せんさいな光をいつも求めていたが
荒野がすでに広がり続けて
描き切れない光と色彩を残し
おぼつかない足取りがはじまる
あざやかな色づかいを残したままで

あたりまえの

実直に働く
あたりまえの言葉を
ひさしぶりに聞いて
驚いて　たじろぐ
見事なまでに育った
リンゴの樹を眺める
リンゴのたくさんの花を見ている
おいしいリンゴをいっぱい食べた
なにも思わずに

こどもの頃のなつかしい記憶
真っくろな夜　波立つ玄海灘を
船窓から見ていた
人間の強さと弱さを
最果《さいはて》のきもちでおもう
荒々しさとやさしさの
原始のくらし
ふかく感じるいのちのなかに
いつも住んでいる
この地で生きていかねば
なにも残らない
黒と白の世界に
少し色彩が混《まじ》っていく
風土に届くいのちを

涙

ひたすら描き続けた
世界のはてまで行きたい
おなじ気持ちになることをさけて
どこまでもいけると
なにも深く考えず
自分を知りたくなかったのか
面倒な世界が
少しずつ広がって

年を重ね
いびつなものがふえていく
気分の　のったタッチで
あらけずりに生きたいとねがって
あらわれたのは
弱さだった
漁港から船が消えて
すたれた村の跡
ごつごつとして
あらい手ざわりが
光をさえぎっている岩
心の軌跡も来歴も
知られずに朽ちた人々の上に
涙がこぼれる

壁のように
立ちつくして

ここから

かなしさとさびしさと
むなしさをともなって
音がやってくる
拒否することが重なって
まわりを見渡せば
草原《くさはら》が目立つ位置に立っている
乳白色の朝を眺めて
ここから歩くしかないことを知らされる

おびただしい数の小鳥も
この田舎から遠のき
都会の公園で
久しぶりに見た
雀たちを思い出す
失ったものの　はかなさから
動くことをきめなければ
エネルギーと光にみちた
原風景があったから
ここまで歩けたことに気づく
いたむ足で歩いていく

どこかに

一週間に中国人に二回会い
見知らぬ人に声をかける
北隣りの四十代の男性《ひと》が
単身赴任ときいていたが
久しぶりに姿を見る
仕事で上海に住んでいるという
上海へ　短い旅で三回行ったことを話す
上海ガニも歩いた街も　夜の湾内クルーズも

遠い思い出となる
隣りの人と西安の魅力について話した
上海の目まぐるしい発展を知る
東北を中心にした大地震と津波の激しさ
被害の大きさ　残酷さ
十三さいの夏　経験した外地での日本の敗戦
長い歳月　名づけられなかった体験は
わたしの　ジシン・ツナミだ
生きているのだから
かなしみに耐えよ
と　誰かが言う
どこかに毒があるのか
まだ　かくれている多くのものを
かかえて

あとがき

二〇一一年三月十一日。

東北・関東をおそった地震・津波。

その地から離れてすむ私のくらしにも、大きな「ゆれ」となる。

一九四五年八月十五日。京城（現ソウル）で日本の敗戦を迎える。十三さいだった。

その日から二ヶ月後、日本に引き揚げた。あの名づけられない感情が、私のツナミと、地震だったと、はじめて気づく。

詩誌「黄薔薇《きばら》」に誘って下さった永瀬清子さん。同人・詩友の人達。

思潮社の小田久郎氏に感謝いたします。今回、詩集の装幀も手がけて下さいました。

藤井一乃さんはじめ編集部の方々に、心からお礼を申しあげます。

二〇一二年　春

境　節

境《さかい》　節《せつ》（本名・松本道子）一九三二年五月二日生
詩誌「黄薔薇《きばら》」「どぅるかまら」同人

詩集
『夢へ』（「黄薔薇」社、一九七七）
『呼び出す声』（編集工房ノア、一九八三）
『ひしめくものたち』（思潮社、一九八七）
『鳥は飛んだ』（思潮社、一九九二）
『スマイル』（思潮社、一九九七）
『ソウルの空』（思潮社、二〇〇〇）
『道』（思潮社、二〇〇三）
『薔薇《ばら》の　はなびら』（思潮社、二〇〇六）
『十三さいの夏』（思潮社、二〇〇九）

〒七一一-〇九〇七　岡山県倉敷市児島上の町四-一七-一〇
TEL　〇八六-四七二-一〇二〇

右から岸本徹、赤松月船、喜志邦三、永瀬清子、金光洋一郎、境節、釼持俊彦（敬称略）、昭和四十九年十月二十七日、岡山・東湖園にて。

歩《ある》く

著者
境《さかい》　節《せつ》

発行者
小田久郎

発行所
株式会社思潮社
〒一六二－〇八四二　東京都新宿区市谷砂土原町三－十五
電話〇三（三二六七）八一五三（営業）・八一四一（編集）
ＦＡＸ〇三（三二六七）八一四二

印刷
創栄図書印刷株式会社

製本
誠製本株式会社

発行日
二〇一二年六月二十日